Das edle Blut

Ernst von Wildenbruch

copyright © 2023 Culturea éditions
Herausgeber: Culturea (34, Hérault)
Druck: BOD - In de Tarpen 42, Norderstedt (Deutschland)
Website: http://culturea.fr
Kontakt: infos@culturea.fr
ISBN:9791041939558
Veröffentlichungsdatum: FEBRUAR 2023
Layout und Design: https://reedsy.com/
Dieses Buch wurde mit der Schriftart Bauer Bodoni gesetzt.
Alle Rechte für alle Länder vorbehalten.
ER WIRT MIR GEBEN

Ob es Menschen geben mag, die ganz frei von Neugier sind ? Menschen, die imstande sind, hinter jemandem, den sie aufmerksam und angestrengt nach einem unbekannten Gegenstande ausschauen sehen, vorbeizugehen, ohne daß es sie auch nur ein bißchen prickelt, stehen zu bleiben, der Richtung seiner Augen zu folgen und zu erforschen, was jener Geheimnisvolles sieht? – Ich für meine Person, wenn ich gefragt würde, ob ich mich zu dieser starken Menschenart zähle, weiß nicht, ob ich ehrlicherweise mit Ja antworten könnte, und jedenfalls hat es einen Augenblick in meinem Leben gegeben, wo es mich nicht nur geprickelt hat, sondern wo ich sogar dem Prickeln nachgegeben und getan habe, was jeder Neugierige tut.

Der Ort, wo das geschah, war eine Weinstube in der alten Stadt, in der ich als Referendar am Gericht arbeitete; die Zeit ein Sommernachmittag.

Die Weinstube, zu ebener Erde an dem großen Platze belegen, den man von ihren Fenstern aus nach allen Richtungen übersah, war um diese Stunde beinah leer. Für mich, der ich von jeher ein Freund der Einsamkeit gewesen bin, nur um so angenehmer.

Wir waren unserer drei: der dicke Küfer, der mir aus einer grau verstaubten Flasche einen goldgelben Muskateller in das Glas goß, dann ich selbst, der ich in einer Ecke des winkligen, gemütlichen Raumes saß und den duftigen Wein in mich einschlürfte, und endlich noch ein Gast, der an einem der beiden geöffneten Fenster Platz genommen hatte, einen Pokal mit Rotwein vor sich auf dem Fensterbrett, eine lange, braun angerauchte Meerschaumspitze im Munde, aus der er Dampfwolken um sich verbreitete.

Dieser Mann, dem ein langer, grauer Bart das rötliche, stellenweise ins Bläuliche spielende Gesicht umrahmte, war ein alter Oberst außer Diensten, den in der Stadt jedermann kannte, er gehörte zu der Kolonie von Verabschiedeten, die sich in dem freundlichen Orte niedergelassen hatten und sich langsam dem Ende ihrer Tage entgegenlangweilten.

Gegen Mittag sah man sie in Gruppen zu Zweien oder Dreien bedächtig durch die Straßen wandern, um demnächst in der Weinstube zu verschwinden, wo sie sich zwischen Zwölf und Eins um den runden Tisch zum Räsonier-Appell versammelten. Auf dem Tische standen Schoppen-Flaschen mit Mosel-Säuerling, über dem

Tische schwebte eine Wolke von bläulichem Zigarrenqualm, und durch das Gewölk hindurch vernahm man die grämlichen, verrosteten Stimmen, die sich über die neuesten Ereignisse in der Rangliste unterhielten.

Der alte Oberst war auch Stammgast in der Weinstube, aber er kam nicht zur Stunde des allgemeinen Appells, sondern später, am Nachmittag.

Er war eine einsame Natur. Man sah ihn selten mit anderen zusammengehen; seine Wohnung lag in der Vorstadt, jenseits des Stroms, und aus ihren Fenstern blickte man in das weite Wiesengelände hinaus, das der Fluß, wenn er im Frühling aus den Ufern trat, unter Wasser zu setzen pflegte. Manchmal, wenn ich dort an seiner Behausung vorüberging, hatte ich ihn am Fenster stehen sehen, die rot unterlaufenen, mit tiefen Säcken umränderten Augen nachdenklich hinausgerichtet in die graue Wasserwüste jenseits des Dammes.

Und nun saß er da an dem Fenster der Weinstube und blickte unverwandt auf den Platz hinaus, über dessen sandige Fläche der Wind, Staub aufwirbelnd, dahinstrich.

Was er nur sehen mochte?

Der dicke Küfer, der sich mit uns beiden schweigsamen Leuten langweilte, war schon vor mir auf das Gebahren des Obersten aufmerksam geworden; er stand, die Hände unter den Schößen seines Rockes auf dem Rücken zusammengelegt, mitten im Zimmer und blickte durch das andere Fenster auf den Platz hinaus. Irgend etwas mußte da draußen doch also los sein.

Möglichst leise, um die Andacht der beiden nicht zu stören, erhob ich mich von meinem Sitze. Es war aber eigentlich nichts zu sehen. Der Platz war menschenleer; nur in der Mitte, unter dem grossen Laternenkandelaber bemerkte ich zwei Schuljungen, die sich drohend gegenüberstanden.

War es das, was die Aufmerksamkeit des Alten so fesselte? –

Aber wie der Mensch nun ist – nachdem ich einmal angefangen hatte, konnte ich nicht wieder aufhören zuzusehen, bis ich festgestellt hatte, ob die drohende Prügelei wirklich zum Ausbruch kommen würde. Die Jungen waren eben aus dem Nachmittagsunterricht gekommen;

sie trugen ihre Schulmappen noch unter dem Arme. Sie mochten im Alter gleich sein, aber der eine war einen Kopf größer als der andere. Dieser größere, ein lang aufgeschossener, magerer Bursche mit einem unangenehmen Ausdruck im sommersprossigen Gesicht, vertrat dem anderen, der klein und dick war und ein gutmütiges Gesicht mit roten Pausbacken hatte, den Weg. Dabei schien er ihn mit nörgelnden Worten zu reizen. Die Entfernung aber machte es unmöglich, zu verstehen, was er sagte. Nachdem dieses ein Weilchen gedauert hatte, ging die Sache los. Beide ließen die Mappen zu Boden fallen; der kleine Dicke senkte den Kopf, als wollte er dem Gegner den Bauch einstoßen, und rannte auf ihn an.

»Da wird ihn der Große bald im Schwitzkasten haben,« sagte jetzt der Oberst, der den Bewegungen der Gegner aufmerksam gefolgt war und das Manöver des kleinen Dicken zu mißbilligen schien.

An wen er diese Worte richtete, war schwer zu sagen, er sprach sie vor sich hin, ohne einen von uns anzureden.

Seine Voraussage bestätigte sich alsbald.

Der Große war dem Anprall des Feindes ausgewichen; im nächsten Augenblick hatte er seinen linken Arm um dessen Hals geschlungen, so daß der Kopf wie in einer Schlinge gefangen war; er hatte ihn, wie man zu sagen pflegte, »im Schwitzkasten«. Die rechte Faust des Gegners, mit welcher ihn dieser im Rücken zu bearbeiten versuchte, ergriff er mit seiner rechten Hand, und nachdem er ihn so völlig gefangen und in seine Gewalt gebracht hatte, schleppte er ihn in höhnischem Triumphe einmal und noch einmal und ein drittes Mal rund um den Kandelaber herum.

»Ist ein schlapper Bengel,« sagte der alte Oberst, seinen Monolog fortsetzend; »jedesmal läßt er sich so kriegen.« Er war offenbar mit dem kleinen Dicken unzufrieden und konnte den langen Mageren nicht leiden.

»Die prügeln sich nämlich alle Tage,« fuhr er fort, indem er jetzt den Küfer ansah, dem er, so schien es, sein Interesse an der Sache erklären wollte.

Dann wandte er das Gesicht wieder nach außen. »Bin neugierig, ob der Kleine kommen wird?«

Er hatte dies Letzte noch kaum zu Ende gebrummt, als aus den Gartenanlagen der Stadt, die dort an den Platz stießen, ein kleines, schlankes Bürschchen hervorgeschossen kam.

»Da ist er,« sagte der alte Oberst. Er nahm einen Schluck Rotwein und strich sich den Bart.

Der kleine Kerl, dem man an der Ähnlichkeit sofort ansah, daß er der Bruder des Pausbäckigen sein mußte, der aber wie eine feinere und verbesserte Auflage des anderen aussah, war herangekommen, mit beiden Händen hob er die Schulmappe empor und gab dem langen Mageren einen Schlag auf den Rücken, daß es bis zu uns herüberknallte.

»Bravo,« sagte der alte Oberst.

Der lange Magere trat wie ein Pferd mit dem Fuße nach dem neuen Angreifer. Der Kleine wich aus, und im selben Augenblick hatte der lange Magere einen zweiten Schlag weg, diesmal auf den Kopf, daß ihm die Mütze vom Kopfe flog.

Trotzdem ließ er den Gefangenen nicht aus dem Schwitzkasten heraus, und auch dessen rechte Hand hielt er noch immer fest.

Nun riß der Kleine mit wahrhaft wütender Hast seine Mappe auf; aus der Mappe nahm er das Pennal, aus dem Pennale seinen Stahlfederhalter, und plötzlich fing er an, die Hand des langen Mageren, mit welcher dieser die Hand seines Bruders gefangen hielt, mit der Stahlfeder zu stechen.

»Verfluchter Bengel,« sagte der Oberst vor sich hin, »famoser Bengel!« Seine roten Augen blickten ganz entzückt.

Dem langen Mageren wurde jetzt die Geschichte zu arg; durch den Schmerz gereizt, ließ er den ersten Gegner fahren, um sich mit wütenden Faustschlägen auf den Kleinen zu stürzen.

Dieser aber verwandelte sich vollständig in eine kleine Wildkatze. Die Mütze war ihm vom Kopfe geflogen: das gelockte Haar umklebte das todblasse, feine Gesicht, aus dem die Augen hervorglühten; die Mappe mit allem Inhalt lag an der Erde, und über Mütze und Mappe hinweg ging er dem langen Mageren zu Leibe.

Er drängte sich an den Gegner, und mit den kleinen, krampfhaft geballten Fäusten arbeitete er ihm auf Magen und Leib, daß jener Schritt für Schritt zurückzuweichen begann.

Inzwischen war auch der Pausbäckige wieder zu sich gekommen, hatte seine Mappe aufgerafft, und mit Hieben auf Rücken und Flanke des Gegners griff er wieder in den Kampf ein.

Der große Magere schüttelte endlich den Kleinen von sich, trat zwei Schritte zurück und nahm seine Mütze von der Erde auf. Der Kampf neigte sich zum Ende.

Atemlos keuchend standen sich die Drei gegenüber. Der lange Magere zeigte ein häßliches Grinsen, hinter dem er die Scham über seine Niederlage zu verstecken suchte; der Kleine, die Fäuste immer noch geballt, verfolgte jede seiner Bewegungen mit lodernden Augen, jeden Augenblick bereit, sich von neuem auf ihn zu stürzen, falls er noch einmal anfangen sollte. Aber der lange Magere kam nicht wieder; er hatte genug. Höhnisch, mit den Achseln zuckend, zog er sich immer weiter zurück, und als er eine gewisse Entfernung erreicht hatte, fing er an zu schimpfen.

Die beiden Brüder rafften die Gerätschaften des Kleinen, die rings zerstreut lagen, wieder zusammen, packten sie in die Mappe, nahmen dann ihre Mützen auf, klopften den Staub davon und wandten sich zum Nachhauseweg. Dieser führte sie an den Fenstern unserer Weinstube vorüber. Ich konnte mir den kleinen tapferen Kerl genauer ansehen; es war wirklich ein Rassegeschöpf. Der lange Magere kam wieder hinter ihnen her, laut über den Platz hinter ihnen drein schreiend; der Kleine zuckte mit unsäglicher Verachtung die Schultern. »So ein feiger langer Schlacks,« sagte er, und plötzlich blieb er stehen, dem Feinde das Gesicht zeigend. Augenblicklich blieb auch der lange Magere stehen, und beide Brüder brachen in ein spöttisches Gelächter aus.

Sie standen jetzt gerade unter dem Fenster, an dem der alte Oberst saß. Dieser beugte sich hinaus.

»Bravo, mein Junge,« sagte er, »Du bist ein schneidiger Kerl – da – trink' mal eins dafür.« Er hatte den Pokal aufgenommen und hielt ihn zum Fenster hinaus, dem Kleinen hin. Der Knabe blickte überrascht auf, dann flüsterte er dem älteren Bruder etwas zu, gab ihm seine

Mappe zu halten und nahm das große Glas in seine beiden kleinen Hände.

Nachdem er einen genügenden Schluck getrunken hatte, faßte er das Glas mit der einen Hand um den Stiel, nahm dem Bruder seine Mappe wieder ab, und ohne weiter um Erlaubnis zu fragen, reichte er auch ihm das Glas.

Der Pausbäckige tat gleichfalls einen Zug. »So ein Bengel,« sagte der alte Oberst, vor sich hinschmunzelnd; »ich gebe ihm mein Glas, und ohne weiteres läßt er seinen *cher frère* mit daraus trinken.«

Dem Kleinen aber, der jetzt das Glas wieder zum Fenster hinaufreichte, sah man am Gesichte an, daß er nur etwas getan hatte, was ihm ganz selbstverständlich erschien.

»Hat es geschmeckt?« fragte der alte Oberst.

»Ja, danke, sehr gut,« sagte der Knabe, rückte grüßend seine Mütze und setzte mit dem Bruder seinen Weg fort.

Der Oberst sah ihnen nach, bis daß sie um die Straßenecke bogen und seinen Blicken entschwanden.

»Mit solchen Jungen,« sagte er dann, indem er wieder zum Selbstgespräch zurückkehrte, »es ist manchmal 'ne sonderbare Sache mit solchen Jungen.«

»Daß sie sich so auf offener Straße prügeln,« sagte mißbilligend der dicke Küfer, der noch auf seinem Platze stand; »man wundert sich, daß die Lehrer so etwas zulassen; es scheint doch, sie sind aus anständigen Familien.«

»Das schadet gar nichts,« grunzte der alte Oberst. »Jungens müssen ihre Freiheit haben, die Lehrer können ihnen nicht immerfort auf der Tasche sitzen; Jungens müssen sich prügeln.«

Er erhob sich von seinem Sitze, so daß der Stuhl unter ihm krachte, strich den Zigarrenstummel aus seiner Spitze in den Aschbecher und ging steifbeinig zur Wand hinüber, wo sein Hut an einem Nagel hing. Dabei setzte er seine Gedanken fort.

»Aus solchen Jungen, da kommt die Natur heraus – alles, wie's wirklich ist – nachher, wenn das älter wird, sieht sich das alles gleich – da kann man Studien machen – an solchen Jungen.« Der Küfer hatte ihm den Hut in die Hand gegeben; der Oberst nahm seinen Pokal noch einmal auf, in dem noch ein Rest Rotwein stand.

»Verfluchte Bengel,« brummte er, »haben mir alles weggetrunken.« Beinah wehmütig blickte er auf die dürftige Neige, dann setzte er den Pokal nieder, ohne auszutrinken.

Der dicke Küfer wurde plötzlich lebendig.

»Trinken Herr Oberst vielleicht noch eins?«

Der Alte hatte, am Tische stehend, die Weinkarte aufgeschlagen und brummte vor sich hin.

»Hm – eine andere Sorte vielleicht – kriegt man aber nicht in Gläsern – eine Flasche allein – etwas zu viel.«

Sein Blick ging langsam zu mir herüber; ich las in seinen Augen die stumme Frage des Menschen an den Nebenmenschen, ob er ihm helfen will, eine Flasche Wein zu bewältigen.

»Wenn der Herr Oberst erlauben,« sagte ich, »ich bin gern bereit, eine Flasche mitzutrinken.«

Er erlaubte es, und offenbar nicht ungern. Er schob dem Küfer die Weinkarte zu, unterstrich mit dem Zeigefinger eine Sorte und sagte im Befehlshabertone: »Davon eine Flasche.«

»Das ist eine Marke, die ich kenne,« wandte er sich zu mir, indem er den Hut auf den Stuhl warf und sich an den Tisch setzte, »ein edles Blut.«

Ich hatte mich zu ihm an den Tisch gesetzt, so daß ich sein Gesicht von der Seite sah. Seine Augen waren den Fenstern zugekehrt, und indem er an mir vorbei in den Himmel hinausblickte, spiegelte sich das Rot des Sonnenuntergangs in seinen Augen.

Ich sah ihn zum ersten Male in solcher Nähe.

In seinen Augen war etwas Traumverlorenes, und indem seine Hand mechanisch durch den langen grauen Bart strich, sah es aus, als stiegen aus der Flut der Jahre, die hinter ihm verrauscht waren, Gestalten vor ihm auf, die jung gewesen waren, als er jung war, und die nun waren – wer sagte mir, wo? Die Flasche, die uns der Küfer brachte und vor uns auf den Tisch stellte, enthielt einen köstlichen Trank. Ein alter Bordeaux, ganz braun und ganz ölig, floß in unsere

Gläser. Ich nahm den Ausdruck auf, den der Alte vorhin gebraucht hatte:

»Das muß ich sagen, Herr Oberst, es ist wirklich ein edles Blut.«

Seine roten Augen kamen aus der Ferne zurück, rollten zu mir herüber und blieben auf mir haften, als wollte er sagen: »Was weißt Du? –«

Er tat einen tiefen Schluck, trocknete sich die angefeuchteten Barthaare und sah über das Glas hin. »So sonderbar,« sagte er, »wenn man alt wird – man denkt viel mehr an die frühesten Zeiten zurück, als an das, was später war.«

Ich schwieg, ich hatte das Gefühl, daß ich nicht sprechen und fragen sollte. Wenn der Mensch sich erinnert, dichtet er, und dichtende Menschen muß man nicht befragen. Eine lange Pause trat ein.

»Was man so für Menschen kennen lernt,« fuhr er fort. »Wenn man so denkt, – manche, die leben und leben – wäre manchmal viel besser, sie lebten nicht – und andere – die haben fortgemußt – viel zu früh.« Mit der flachen Hand strich er über die Tischplatte. »Da unten liegt vieles.« Es sah aus, als bedeute ihm die Tischplatte die Oberfläche der Erde, und als dächte er an die, welche unter der Erde liegen. »Mußte vorhin so daran denken« – seine Stimme klang dumpf – »wie ich den Jungen sah. So ein Junge – da kommt die Natur 'raus, spritzt ordentlich 'raus, – armsdick. Da sieht man ins Blut hinein. Ist aber schade – das edle Blut geht leicht verloren – leichter als das andere. – Habe einmal so einen Jungen gekannt.«

Da war's. Der Küfer hatte sich in die hintere Ecke der Stube gesetzt; ich verhielt mich lautlos; durch die Stille des Zimmers ging die schwere Stimme des alten Obersten, in Pausen, wie Windstöße, die einem Ungewitter oder einem schweren Ereignis der Natur vorangehen«.

Seine Augen rollten wieder über mich hin, als wollten sie mich daraufhin prüfen, ob ich zuhören könnte. Er fragte nicht, ich sagte nichts, aber ich sah ihn an, und mein Blick mochte ihm erwidern: »Erzähle«.

Er fing aber noch nicht gleich an, sondern zog erst mit Bedachtsamkeit eine große Zigarrentasche von hartem braunem

Leder aus der Brusttasche seines Rocks, nahm eine Zigarre heraus und zündete sie langsam an.

»Kennen ja wohl Berlin,« sagte er, indem er das Streichholz ausblies und die erste Qualmwolke über den Tisch schickte, »sind auch wohl schon auf der Stadtbahn gefahren –« »O ja, manchmal.«

»Hm – na, wenn Sie vom Alexanderplatz nach der Jannowitzbrücke fahren, hinter der Neuen Friedrichstraße entlang, dann liegt da auf der rechten Seite in der Neuen Friedrichstraße ein großer alter Kasten, das ist das alte Kadettenhaus.«

Ich nickte bestätigend.

»Das neue da draußen in Lichterfelde, das kenne ich nicht, aber das alte, das kenne ich – ja – hm – bin nämlich seinerzeit auch Kadett gewesen – ja – das kenne ich.«

Die Wiederholung seiner Worte gab mir das Gefühl, daß er nicht das Haus nur, sondern auch mancherlei kennen mochte, was sich in dem Hause begeben hatte.

»Wenn man vom Alexanderplatz kommt,« fuhr er fort, »dann kommt zuerst ein Hof mit Bäumen. Jetzt wächst Gras in dem Hofe; zu meiner Zeit noch nicht, denn da wurde exerziert, und die Kadetten gingen drin spazieren, wenn Freistunde war. Dann kommt das große Hauptgebäude, das einen viereckigen Hof umschließt, der der »Karreehof« hieß, und da gingen die Kadetten auch spazieren. In den können Sie von draußen nicht hineinsehen, wenn Sie vorbeifahren.«

Ich nickte wieder bestätigend.

»Und dann kommt noch ein dritter Hof; der ist kleiner, und an dem liegt ein Haus. Weiß nicht, wozu es jetzt gebraucht wird; damals war es das Lazarett. Da können Sie auch noch das Dach von der Turnhalle sehen, wenn Sie vorüberfahren, denn neben dem Lazarett war der Hauptturnplatz. Da war ein Sprunggraben und Klettergerüste und alles mögliche andere – jetzt ist das alles fort. Aus dem Lazarett ging eine Tür auf den Turnplatz hinaus, die war aber immer verschlossen. Wenn man ins Lazarett hinein wollte, mußte man vorne hineingehen, über den Hof weg. Die Tür also, wie gesagt, war immer verschlossen; das heißt, sie wurde nur bei besonderen Gelegenheiten aufgemacht, und das war dann jedesmal eine sehr schlimme Gelegenheit. Hinter der Tür nämlich war die Totenkammer, und wenn ein Kadett gestorben war, dann wurde er da hineingelegt, und die Tür blieb so lange offen, bis die anderen Kadetten an ihm vorbeigeführt worden waren, um ihn noch einmal zu sehen, und bis er hinausgetragen wurde – ja – hm.« Eine lange Pause folgte. »Von dem neuen Hause da draußen,« fuhr der alte Oberst in etwas geringschätzigem Tone fort, »in Lichterfelde, wie gesagt, davon weiß ich nichts, habe aber gehört, daß das jetzt eine große Geschichte ist, mit einer Masse Kadetten. Da in der Neuen Friedrichstraße waren nicht sehr viele, nur vier Kompagnien, und die verteilten sich auf zwei Klassen: Sekundaner und Primaner, und dazu kamen dann noch die Selektaner, die nachher als Offiziere in die Armee kamen und die man ›die Bollen‹ nannte, weil sie die Aufsicht über die anderen führten und man sie darum nicht leiden konnte.

»Bei der Kompagnie, bei der ich stand – es war nämlich die vierte –, da waren nun zwei Brüder, mit denen ich auch in der Klasse zusammensaß, in Sekunda. Der Name tut nichts zur Sache – aber – na, sie hießen also v. L. Bei den Vorgesetzten hieß der ältere von den beiden L. I und der kleinere, der eineinhalb Jahr jünger war als der andere, L. II; bei uns Kadetten aber hießen sie das große und das kleine L. Das kleine L., ja – hm –«

Er rückte auf seinem Stuhle, seine Augen blickten ins Weite. Es schien, daß er bei dem Gegenstande seiner Erinnerung angelangt war.

»So etwas verschiedenes von Brüdern habe ich nun eigentlich nie wieder gesehen,« fuhr er fort, indem er eine dicke Wolke aus seiner Meerschaumspitze blies. »Das große L. war ein vierschrötiger Bengel mit plumpen Gliedern und einem dicken Kopf, das kleine L. wie eine Weidengerte, so schlank und elastisch. Er hatte einen kleinen, schmalen Kopf und blondes, welliges Haar, das sich von selbst lockte, und ein Näschen, wie ein kleiner Adler und überhaupt –es war ein Junge.–«

Der alte Oberst tat einen schnaufenden Atemzug. »Nun muß man nicht denken, daß so etwas unter den Kadetten gleichgültig war; sondern im Gegenteil. Kaum daß die Brüder aus der Voranstalt, ich glaube, sie kamen aus Wahlstatt, im Kadettenhaus in Berlin eingerückt waren, hatte es sich schon entschieden: das große L. wurde links liegen gelassen, und das kleine L. war der allgemeine Liebling.

»Unter solchen Jungens ist das nämlich eine komische Geschichte: die Großen und Starken, das sind die Könige, und wem sie ihre Gunst zuwenden, dem geht es gut. Das schafft ihm auch bei den anderen Respekt, und es getraut sich so leicht keiner an den heran. Solche Jungen – da kommt eben die Natur noch 'raus; das ist halb wie bei den Tieren, und vor dem größten und stärksten Tier kuschen sich die anderen.«

Erneute Stöße aus der Meerschaumspitze begleiteten diese Worte.

»Wenn die Kadetten in der Freistunde 'runter kamen, dann fanden sich immer die zusammen, die gut Freund miteinander waren, und die gingen dann Arm in Arm um den Karreehof spazieren und nach dem Hofe, wo die Bäume stehen, und so immerzu, bis daß zur Arbeitsstunde getrommelt wurde.

»Das große L. – na – das schloß sich denn nun eben da an, wo es gerade Anschluß fand, und stakte mißmutig vor sich hin – das kleine L. dagegen, kaum daß er auf den Hof 'runtergekommen war, wurde er schon von zwei oder drei anderen Großenunter den Arm genommen und mußte mit ihnen spazieren gehen. Und das waren sogar Primaner. Für gewöhnlich nämlich fiel es so einem Primaner gar nicht ein, mit einem »Schnappsack« aus Sekunda zu gehen, die standen tief unter ihrer Würde; aber mit dem kleinen L. war das etwas anderes, da wurde eine Ausnahme gemacht. Trotzdem war er bei den Sekundanern nicht weniger beliebt, als bei den Primanern. Das konnte man in der Klasse sehen, wo wir ja unter uns Sekundanern waren. In der Klasse saßen wir nach dem Alphabet, und also saßen die beiden L. so ziemlich in der Mitte, nebeneinander.

»Sie kamen im Unterricht ziemlich egal fort. Das große L. hatte einen guten Kopf für Mathematik; in allem übrigen war nicht viel mit ihm los, aber in Mathematik, da war er, wie man zu sagen pflegte, »ein Hecht« und das kleine L., das nicht geradestark im Rechnen war, schrieb von dem Bruder ab. In allem übrigen war das kleine L. dem älteren Bruder über und überhaupt einer der Besten in der Klasse. Und da war nun ein Unterschied zwischen den Brüdern: Das große L. behielt seine Weisheit für sich und sagte nicht vor; das kleine L., das sagte vor – es brüllte förmlich – ja, ja, ja –«

Ein liebevolles Lächeln ging über das Gesicht des alten Mannes.

»Wenn auf der vordersten Bank einer aufgerufen wurde und nicht Bescheid wußte – das kleine L. zischte über alle Bänke weg, was er zu sagen hatte; wenn auf der hintersten Bank einer dran kam, sprach das kleine L. die Antwort halblaut vor sich hin.

»Da war ein alter Professor, bei dem wir Lateinisch hatten. Beinah in jeder Stunde einmal blieb er mitten in der Klasse stehen. ›L. II‹, sagte er, ›Sie sagen schon wieder vor! Und zwar in einer ganz unverschämten Weise! Nehmen Sie sich in acht, L. II, ich werde nächstens ein Exempel an Ihnen statuieren! Ich sage es Ihnen heute zum letzten Male!'«

Der alte Oberst lachte in sich hinein: »Ist aber jedesmal das vorletzte Mal geblieben, und das Exempel hat er nie statuiert. Denn obgleich das kleine L. kein Musterknabe war, sondern viel eher das Gegenteil, war er doch auch bei den Lehrern und Offizieren beliebt – und das konnte auch gar nicht anders sein. Immer fidel war das, als wenn's jeden Tag was geschenkt gekriegt hätte, obgleich es gar nichts geschenkt kriegte – denn der Vater von den beiden war ein ganz armer Major in irgend einem Infanterieregiment, und die beiden Jungens bekamen kaum einen Groschen Taschengeld. Und immer, wie aus dem Ei gepellt, so propper – von außen und innen – überhaupt –« Der Oberst machte eine Pause; es war, als suchte er einen Ausdruck, um seine ganze Liebe zu dem einstigen kleinen Kameraden zusammenzufassen.

»Wie wenn die Natur 'mal bei recht guter Laune gewesen wäre,« sagte er dann, »und den Jungen auf die Füße gestellt hätte und gesagt hätte: ›Da habt Ihr ihn.‹

»Nun war das merkwürdig,« fuhr er fort, »so verschieden die beiden Brüder waren, so hingen sie doch sehr aneinander.

»Dem großen L. merkte man das nicht so an; der war immer mürrisch und zeigte nichts; aber das kleine L. konnte nichts verstecken.

»Und weil das kleine L. sich dessen bewußt war, wie viel besser er von den übrigen Kadetten behandelt wurde, als sein Bruder, so tat ihm das um seinen Bruder leid. Wenn sie auf dem Hofe spazieren gingen, dann konnte man sehen, wie er von Zeit zu Zeit nach dem Bruder ausschaute, ob er auch jemanden hätte, mit dem er ging. Daß er in der Klasse dem Bruder vorsagte und ihn von sich abschreiben ließ, wenn Extemporalien diktiert wurden, das versteht sich von selbst, aber er paßte auch auf, daß niemand seinem Bruder was zu Leide tat, und wenn er ihn so manchmal von der Seite ansah, ohne daß der Große acht darauf gab, dann wurde das Gesichtchen oft ganz merkwürdig ernst, beinah als ob er sich um den Bruder sorgte –« Der Alte rauchte stärker. »Das hab' ich mir nachher so zusammengefunden,« sagte er, »als alles gekommen war, was kommen sollte; er mochte besser Bescheid wissen, wie es mit dem großen L. stand, als wir damals, und was der Bruder für Eigenschaften hatte. »Bei den Kadetten war das natürlich bekannt, und obschon es dem großen L. nichts weiter half, denn der blieb unbeliebt, nach wie vor, so machte es das kleine L. doch um so beliebter, und man nannte ihn allgemein »die brüderliche Liebe«.

»Die beiden wohnten auf einer Stube zusammen, und das kleine L., wie ich schon gesagt habe, war sehr propper, das große dagegen malpropper. Da machte sich nun das kleine L. geradezu zum Diener für seinen Bruder, und es kam vor, daß er ihm die Knöpfe am Uniformrock putzte, und bevor zum Appell angetreten wurde, stellte er sich noch einmal, mit der Kleiderbürste in der Hand, vor ihn und bürstete und schrubberte ihn förmlich – namentlich an den Tagen, wo der »böse Leutnant« den Dienst hatte und den Appell abnahm.

»Zum Appell nämlich mußten die Kadetten des Morgens auf den Hof hinunter treten, und dann ging der diensthabende Offizier zwischen den Reihen entlang und untersuchte, ob ihre Kleidung in Ordnung war.

»Und wenn der »böse Leutnant« das besorgte, dann herrschte jedesmal eine Hundeangst bei der ganzen Kompagnie, denn der fand immer etwas. Er ging hinter die Kadetten und knipste mit den Fingern auf ihre Röcke, ob Staub herauskäme, und wenn da keiner kam, dann nahm er ihre Rocktaschen auf und klopfte darauf, und nun mochte man so einen Rock ausgeklopft haben, so sehr man wollte, etwas Staub blieb schließlich doch immer sitzen, und sobald der »böse Leutnant« das sah, sagte er mit einer Stimme wie ein alter meckernder Ziegenbock: »Schreiben Sie den auf – zum Sonntag zum Rapport«, und dann war der Sonntagsurlaub zum Teufel, und das war dann sehr traurig.«

Der alte Oberst machte eine Pause, trank einen energischen Schluck und strich sich mit der flachen Hand den Bart von der Oberlippe in den Mund, um die Weinperlen, die an den Barthaaren glitzerten, abzusaugen; die Erinnerung an den »bösen Leutnant« machte ihn offenbar fuchswild.

»Wenn man denkt,« brummte er, »was dazu für eine Gemeinheit gehört, so einem armen Jungen, der sich acht Tage lang darauf gefreut hat, Sonntags ausgehen zu dürfen, das zu nehmen, wegen einer Lumperei – na überhaupt – wenn ich gemerkt habe, daß jemand die Leute chikanierte – das hat's bei meinem Regiment später nicht gegeben, das haben sie gewußt, daß ich da war und das nicht litt. – Mal grob werden, auch ganz gehörig unter Umständen, in Arrest schmeißen, das schadet nichts – aber chikanieren – dazu gehört ein gemeiner Kerl!«

»Sehr wahr!« rief der Küfer aus dem Hintergrunde und bekundete dadurch, daß er der Erzählung des Obersten gefolgt war. Der Alte beruhigte sich und fuhr in seinem Berichte fort:

»Das alles, das ging nun so ein Jahr, und dann kam die Zeit, wo die Examina gemacht wurden, und das war immer eine ganz besondere Zeit.

»Die Primaner machten das Fähnrichsexamen und die Selektaner, die man auch, wie ich schon gesagt habe, »die Bollen« nannte, das Offiziersexamen, und sobald sie das Examen hinter sich hatten, wurden sie nach Hause, aus dem Kadettenkorps fortgeschickt, und so kam es, daß dann eine Zeitlang bloß noch die Sekundaner da waren, die nun in der Zeit nach Prima versetzt wurden.

»Das dauerte dann, bis daß aus den Voranstalten die neuen Sekundaner einrückten und bis die neu ernannten »Bollen« wiederkamen, und dann ging die Karre wieder den gewöhnlichen Gang. In der Zwischenzeit aber herrschte so eine Art von Unordnung, und namentlich, wenn die letzten Primaner abgingen – sie wurden nämlich abteilungsweise examiniert und fortspediert, dann ging alles ziemlich drunter und drüber. »Da war nun auf der Stube, wo die beiden Brüder wohnten, ein Primaner, wie man bei den Kadetten sagte, ein »patenter« Kerl. Und weil er sich vorgenommen hatte, sobald er das Examen hinter sich hätte und an die freie Luft käme, als feiner Mann aufzutreten, so hatte er sich statt des Säbelkoppels, das wir Kadetten von der Anstalt geliefert bekamen und trugen, ein eigenes Koppel von lackiertem Leder machen lassen, das schmaler war und feiner aussah als so ein ordinäres Kommißkoppel. Er konnte sich nämlich so etwas leisten, denn er bekam von Hause Geld geschickt.

»Er hatte das Koppel überall herumgezeigt, denn er war schmählich stolz darauf, und die übrigen Kadetten hatten es bewundert.

»Wie nun der Tag kam, wo der Primaner seine sieben Sachen zusammenpackte, um nach Hause zu gehen, wollte er sein feines Koppel umschnallen – und mit einem Male war das Ding nicht mehr da.

»Es entstand ein großes Hallo; überall wurde gesucht; das Koppel war nicht aufzufinden. Der Primaner hatte es nicht in sein Spind geschlossen, sondern im Schlafzimmer, wo die Helme der Kadetten offen unter einem Vorhange standen, zu seinem Helm gelegt – und von da war es fort.

»Es war also gar nicht anders möglich – es mußte es jemand genommen haben.

»Aber wer?

»Man dachte zuerst an den alten Aufwärter, der den Kadetten die Stiefel putzte und das Schlafzimmer in Ordnung brachte – aber das war ein alter ehemaliger Unteroffizier, der sich sein langes Leben lang nie die geringste Unregelmäßigkeit hatte zuschulden kommen lassen. Einer von den Kadetten doch nicht etwa gar? Aber wer konnte so etwas überhaupt denken. Also blieb die Sache ein Geheimnis, und zwar ein faules. Der Primaner fluchte und schimpfte, weil er nun doch mit dem Kommißkoppel abziehen mußte; die übrigen Kadetten auf der Stube waren ganz stumm und bedrückt; sie hatten gleich alle ihre Spinden aufgeschlossen und den Primaner aufgefordert, bei ihnen nachzusehen, aber der hatte bloß geantwortet, »ist ja Unsinn – wer denkt denn an so etwas?«

»Und nun geschah etwas Merkwürdiges, was noch mehr Aufsehen erregte als alles Vorige: mit einemmal hatte der Primaner sein Koppel wieder.

»Er war schon, mit dem Koffer in der Hand, aus der Stube gegangen, und wie er schon auf der Treppe war, wurde er plötzlich von hinten angerufen, und wie er sich umwandte, kam das kleine L. hinter ihm drein gelaufen und trug etwas in der Hand – und das war das Koppel des Primaners.

»Ein paar andere waren zufällig vorübergegangen, und die erzählten nachher, daß das kleine L. leichenblaß gewesen war und daß ihm die Glieder am Leibe nur so geflogen waren. Er hatte dem Primaner etwas ins Ohr gesagt, und sie hatten beide ganz leise ein paar Worte miteinander gewechselt, und dann hatte der Primaner ihm den Kopf gestreichelt, sein Kommißkoppel abgebunden und das feine Koppel umgeschnallt und war gegangen; das Kommißkoppel hatte er dem kleinen L. übergeben, um es zurückzutragen.

»Nun konnte die Geschichte natürlich nicht länger verborgen bleiben, und sie kam denn auch 'raus.

»Es war eine neue Belegung der Zimmer angeordnet worden; das große L. war verlegt worden; und gerade während sich das alles begab, hatte er seinen Umzug nach der neuen Stube vollzogen.

»Nachher fiel es den Kadetten ein, daß er sich dabei merkwürdig leise verhalten hatte – aber das kennt man ja; wenn's Gras gewachsen ist, dann hat's nachher jeder wachsen hören. So viel aber war richtig: er hatte sich von niemandem helfen lassen, und als das kleine L. mit Hand anlegte, war er gegen den kleinen Bruder ganz grob geworden. Das kleine L. aber, hilfsbereit, wie er nun einmal war, hatte sich nicht abschrecken lassen, und wie er aus dem Spinde des Bruders die Drillichturnjacke herausnimmt, die ganz sorgfältig zusammengefaltet lag, fühlt er mit einemmal was Hartes drin – und das war das Koppel des Primaners.

»Was die Brüder miteinander in dem Augenblick gesprochen haben, ob sie überhaupt etwas gesprochen haben, das hat nie jemand erfahren; denn das kleine L. hatte noch so viel Geistesgegenwart, daß er lautlos aus der Stube ging. Kaum aber aus der Türe 'raus und auf dem Flur, schmiß er die Jacke auf den Boden, und ohne dran zu denken, was nun aus der Geschichte werden sollte, lief er mit dem Koppel hinter dem Primaner her.

»Nun aber war natürlich nicht mehr zu helfen; in fünf Minuten war die Geschichte in der Kompagnie herum. Das große L. hatte sich vom Teufel reiten lassen und lange Finger gemacht.

»Eine halbe Stunde darauf wurde leise von Zimmer zu Zimmer gesagt: heut abend, wenn die Lampen ausgelöscht sind, alles zur Beratung auf den Kompagniesaal!

»In jedem Kompagnierevier war nämlich so ein größerer Raum, wo Zensuren ausgegeben und sonstige Staatsaktionen vorgenommen wurden, der hieß der Kompagniesaal. »Abends also, als die Lampen aus und alles ganz dunkel war, kam es aus allen Stuben über den Flur; keine Tür durfte klappen, alles ging in Strümpfen, denn der Hauptmann und die Offiziere wußten noch von nichts und durften von der Zusammenkunft nichts wissen, weil wir sonst ein Donnerwetter über den Hals gekriegt hatten.

»Wie wir an die Tür vom Kompagniesaal kamen, stand an der Wand neben der Tür einer, weiß wie der Kalk an der Wand – das war das kleine L. Ein paar faßten ihn gleich an der Hand. »Das kleine L. kann mit 'rein;« hieß es, »der kann nichts dafür.« Nur einer von allen wollte sich widersetzen, das war ein langer, großer Bengel – er hieß – Namen tun ja nichts zur Sache – na, also er hieß K. Aber er wurde gleich überstimmt, das kleine L. wurde mit hereingenommen, ein paar Talglichter wurden angezündet und auf den Tisch gestellt, und nun ging die Beratung los.«

Das Glas des Obersten war leer geworden; ich schenkte ihm ein, und er tat einen tiefen Zug.

»Über das alles,« fuhr er fort, »kann man jetzt lachen, wenn man will; aber so viel kann ich sagen, uns war gar nicht zum Lachen zumut, sondern ganz unheimlich. Ein Kadett, ein Spitzbube – das war uns etwas Gräßliches. Alle Gesichter waren blaß, und es wurde nur halblaut gesprochen. Für gewöhnlich galt es als die scheußlichste Gemeinheit, wenn ein Kadett den andern bei den Vorgesetzten anzeigte – aber wenn einer so etwas tat und stahl, dann war er für uns kein Kadett mehr, und darum sollte jetzt beraten werden, ob wir dem Hauptmann anzeigen sollten, was das große L. getan hatte.

»Der lange K. nahm zuerst das Wort. Er erklärte, daß wir unbedingt zum Hauptmann gehen und ihm alles sagen müßten, denn bei einer solchen Gemeinheit hörten alle Rücksichten auf. Der lange K. war jetzt der Größte und Stärkste von der Kompagnie; seine Worte machten darum einen besonderen Eindruck, und im Grunde waren wir anderen derselben Meinung.

»Niemand wußte darum etwas zu erwidern, und es trat ein allgemeines Stillschweigen ein. In dem Augenblicke aber öffnete sich die Reihe, die rund um den Tisch stand, und das kleine L., das sich bis dahin in die hinterste Ecke vom Saal gedrückt hatte, trat in den Kreis vor. Die Arme hingen ihm schlaff am Leibe, und das Gesicht hielt er zu Boden gesenkt; man sah, daß er was sagen wollte, aber nicht den Mut dazu fand.

»Der lange K. hatte wieder das große Maul. »L. II,« sagte er, »hat hier nicht mitzureden.«

»Aber diesmal hatte er kein Glück. Er war den beiden schon immer aufsässig gewesen, niemand wußte recht warum, namentlich dem kleinen L. Er war auch gar nicht beliebt, denn wie solche Jungens nun einmal einen kolossal feinen Instinkt haben, mochten sie fühlen, daß in dem langen Lümmel eine ganz gemeine, feige, elende Seele steckte. Er war so einer von denen, die sich nie an gleich große wagen, sondern die Kleineren und Schwächeren mißhandeln.

»Darum brach jetzt ein Flüstern von allen Seiten los.

»Das kleine L. soll wohl reden: Erst recht soll er reden!«

»Als der Junge, der noch immer starr und steif dastand, hörte, wie seine Kameraden für ihn Partei nahmen, liefen ihm mit einemmal die dicken Tränen über die Backen; er ballte beide Hände und drückte sie an die Augen und schluchzte so furchtbar, daß der ganze Körper von oben bis unten flog und er kein Wort 'rausbringen konnte.

»Einer trat an ihn heran und klopfte ihm auf den Rücken.

»Beruhige Dich doch,« sagte er, »was willst Du denn sagen?«

»Das kleine L. schluchzte immer noch fort.

»Wenn – er angezeigt wird« – brachte er dann in großen Absätzen heraus – »wird er aus dem Korps geschmissen – und was soll dann aus ihm werden?«

»Alles verstummte; wir wußten, daß der Junge ganz recht hatte, und daß das die Folge davon sein würde, wenn wir ihn anzeigten. Dabei wußten wir auch, daß sein Vater arm war und unwillkürlich dachte ein jeder, was sein Vater sagen würde, wenn er so etwas von seinem Sohne erführe.

»Aber das mußt Du doch selbst einsehen,« fuhr der Kadett zu dem kleinen L. fort, »daß Dein Bruder eine ganz gemeine Geschichte gemacht hat und Strafe dafür verdient.«

»Das kleine L. nickte stumm; seine Gesinnung stand ja ganz auf der Seite derer, die seinen Bruder anklagten. Der Kadett überlegte einen Augenblick, dann wandte er sich an die anderen:

»Ich mache einen Vorschlag,« sagte er, »wir wollen L. I, wenn's nicht sein muß, nicht fürs Leben unglücklich machen. Wirwollen probieren, ob er noch anständige Gesinnung im Leibe hat. L. I soll selber wählen, ob er will, daß wir ihn anzeigen, oder daß wir die Sache unter uns lassen, ihn gehörig durchprügeln, und daß dann die Geschichte begraben sein soll.«

»Das war ein famoser Ausweg. Alles stimmte eifrig bei.

»Der Kadett legte dem kleinen L. die Hand auf die Schulter. »Denn geh' also,« sagte er, »und ruf' Deinen Bruder her.«

»Das kleine L. trocknete sich die Tränen und nickte hastig mit dem Kopfe – dann war er zur Tür hinaus, und einen Augenblick darauf war er schon wieder mit dem Bruder zurück.

»Das große L. wagte niemanden anzusehen; wie ein Ochse, den man vor den Kopf geschlagen hat, stand er vor seinen Kameraden. Der Kleine stand hinter ihm und verwandte kein Auge von dem Bruder. »Der Kadett, der vorhin den Vorschlag gemacht hatte, begann das Verhör mit L. I.

»Ob er eingeständе, daß er das Koppel genommen hätte?«

»Er gestand es ein.

»Ob er fühlte, daß er etwas getan hätte, was ihn eigentlich unwürdig machte, noch länger Kadett zu sein?«

»Er fühlte es.

»Ob er wollte, daß wir ihn dem Hauptmann anzeigten, oder daß wir ihn gehörig durchprügelten, und daß dann die Geschichte begraben sein sollte?«

»Es war ihm lieber, durchgeprügelt zu werden.

»Ein Seufzer der Erleichterung ging durch den ganzen Saal.

»Es wurde beschlossen, die Geschichte gleich jetzt an Ort und Stelle abzumachen.

»Einer wurde hinausgeschickt, um einen Rohrstock herbeizuholen, wie wir sie zum Ausklopfen unserer Kleider hatten.

»Während er hinaus war, versuchten wir dem kleinen L. zuzureden, daß er den Saal verlassen sollte, um bei der Exekution nicht zugegen zu sein.

»Er schüttelte aber schweigend den Kopf; er wollte dabei bleiben.

»Sobald der Rohrstock gekommen war, mußte das große L. sich mit dem Gesicht nach unten auf den Tisch legen, zwei Kadetten faßten seine Hände und zogen ihn nach vorn, zwei andere nahmen ihn an den Füßen, so daß der Körper ausgespannt wurde.

»Die Talglichter wurden vom Tische genommen und hochgehoben, und die ganze Geschichte sah nun geradezu graulich aus.

»Der lange K., weil er der Stärkste war, sollte die Exekution ausführen; er nahm den Rohrstock in die Hand, trat zur Seite und ließ den Stock mit allen Leibeskräften auf das große L. niedersausen, dessen Körper nur mit der Drillichjacke und Hose bekleidet war.

»Der Junge bäumte sich förmlich auf unter dem furchtbaren Hiebe und wollte schreien; in dem Augenblicke aber stürzte das kleine L. auf ihn zu, nahm seinen Kopf in beide Hände und drückte ihn an sich.

»Schrei nicht«, flüsterte er ihm zu, »schrei nicht, sonst kommt alles 'raus!«

»Das große L. schluckte den Schrei hinunter und gurgelte und ächzte halblaut vor sich hin.

»Der lange K. hob wieder den Stock, und ein zweiter Hieb knallte durch den Saal.

»Der Körper des Geschlagenen wälzte sich förmlich auf dem Tische, so daß die Kadetten ihn kaum an den Händen und Füßen festzuhalten vermochten. Das kleine L. hatte beide Arme um den Kopf des Bruders geschlungen und drückte ihn mit krampfhafter Gewalt an sich. Seine Augen waren ganz weit aufgerissen, sein Gesicht wie der Kalk an der Wand, sein ganzer Körper zitterte.

»In dem ganzen Saale war eine Totenstille, so daß man nur das Röcheln und Schnaufen des Gestraften hörte, das der kleine Bruder an seiner Brust erstickte; alle Augen hingen an dem Jungen; alle hatten wir das Gefühl, daß wir das nicht mehr lange mit ansehen konnten.

»Als darum der dritte Hieb gefallen war und das Schauspiel von vorhin sich wiederholt hatte, entstand ein allgemeines aufgeregtes Flüstern, »jetzt ist's genug – nicht mehr schlagen!«

»Der lange K., der von der Anstrengung ganz rot geworden war, wollte noch zu einem vierten Schlage ausholen, aber mit einem Male warfen sich dreie, viere zwischen ihn und das große L., rissen ihm den Rohrstock aus der Hand und stießen ihn zurück.

Das große L. wurde losgelassen, richtete sich langsam auf und stand dann, ganz wie gebrochen am Tische; das kleine L. stand neben ihm.

Die Exekution war zu Ende.

Der Kadett von vorhin erhob noch einmal, aber immer nur halblaut, die Stimme.

»Jetzt ist die Sache aus und begraben,« sagte er; »ein jeder gibt jetzt L. L. die Hand und ein Schuft, wer von der Sache noch ein Wort spricht!«

»Ein allgemeines »ja, ja« zeigte, daß er ganz im Sinne der anderen gesprochen hatte. Man trat heran und reichte dem großen L. die Hand, dann aber, wie auf Kommando, stürzte sich alles auf das kleine L. Es entstand ein förmlicher Knäuel um den Jungen, denn jeder und jeder wollte ihm die Hand drücken und schütteln. Die Hintenstehenden streckten die Hände über die Vorderen weg, einige kletterten sogar auf den Tisch, um an ihn heranzukommen, man streichelte ihm den Kopf, klopfte ihn auf die Schultern, den Rücken, und dabei war ein allgemeines Geflüster: »Kleines L., Du famoser Kerl, Du famoses kleines L.«

Der alte Oberst hob das Glas an den Mund – es war, als hätte er etwas hinunterzuschlucken gehabt. Als er wieder absetzte, schnaufte er aus tiefer Brust.

»Solche Jungens,« sagte er, »die haben Instinkt – Instinkt und Gefühl.

Die Lichter wurden ausgepustet, alles huschte über den Flur in die Stuben zurück; fünf Minuten später lag alles in den Betten, und alles war vorbei.

Der Hauptmann und die übrigen Offiziere hatten keinen Laut von der ganzen Geschichte gehört.

»Alles war vorbei« – die Stimme des Erzählers wurde schwer; er hatte beide Hände in die Hosentaschen gesenkt und blickte durch den Qualm der dampfenden Zigarre vor sich hin.

»So dachten wir den Abend, als wir uns zu Bett legten. –

»Ob das kleine L. die Nacht geschlafen hat? Am andern Tage, als wir in der Klasse zusammenkamen, sah es nicht so aus.

»Früher war es gewesen, als wenn an der Stelle, wo der Junge saß, ein Kobold säße, und er hatte über die ganze Klasse weg gekräht – jetzt war es, als wenn an der Stelle ein Loch war – ganz still und blaß saß er an seinem Platz.

»Wie wenn man einem Schmetterling den Staub von den Flügeln wischt – so war's mit dem Jungen – ich kann's nicht anders beschreiben.

»Nachmittags sah man ihn jetzt immer mit dem Bruder zusammengehen. Er mochte fühlen, daß das große L. jetzt erst recht keinen Anschluß bei den anderen finden würde – darum leistete er ihm Gesellschaft. Und da gingen denn die beiden, Arm in Arm, immer um den Karreehof herum und über den Hof mit den Bäumen, einer wie der andere den Kopf an der Erde, kaum daß man sah, daß sie je ein Wort sprachen.«

Wieder kam eine Pause in der Erzählung, wieder mußte ich das leer gewordene Glas des Obersten füllen, und dicker qualmte die Zigarre.

»Aber das alles,« fuhr er fort, »hätte sich im Laufe der Zeit vielleicht noch ausgewachsen und wieder gegeben – aber die Menschen!«

Er legte die geballte Faust auf den Tisch.

»Es gibt Menschen,« sagte er grollend, »die sind wie das Giftkraut auf dem Felde, an dem sich die Tiere den Tod in den Leib fressen. An solchen Menschen vergiften sich die übrigen!

Also, eines Tages hatten wir Physikstunde. Der Lehrer machte uns Experimente an der Elektrisiermaschine vor, und es sollte ein elektrischer Schlag durch die ganze Klasse geleitet werden.

Zu dem Ende mußte ein jeder dem Nebenmanne die Hand geben, damit die Kette hergestellt würde.

Wie nun das große L., der neben dem langen K. sitzt, dem die Hand hinhält, schneidet der Lümmel ein Gesicht, als sollte er eine Kröte anfassen, und zieht die Hand zurück.

»Das große L. sank ganz lautlos in sich zusammen und saß da, wie mit Blut übergossen.

»In demselben Augenblicke aber ist das kleine L. von seinem Platz auf, um den Bruder herum, hat sich an dessen Stelle neben den langen K. gesetzt, dessen Hand gepackt und mit allen Leibeskräften auf die Bank aufgestoßen, daß der lange Schlacks laut aufschreit vor Schmerz.

»Dann greift er den Kleinen am Halse, und nun werden die beiden anfangen, sich mitten in der Stunde regelrecht zu hauen.

»Der Lehrer, der noch immer an seiner Maschine gebastelt hatte, kam jetzt mit flatternden Rockschößen heran.

»Aber! Aber! Aber!« rief er.

»Es war nämlich ein alter Mann, vor dem wir nicht gerade viel Respekt hatten.

»Die beiden hatten sich so ineinander verbissen, daß sie nicht losließen, obgleich der Lehrer gerade vor ihnen stand.

»Welche Ungehörigkeit!« rief der Lehrer. »Welche Ungehörigkeit! Wollen Sie wohl gleich voneinander ablassen!«

»Der lange K. machte ein Gesicht, als wenn er losheulen wollte.

»L. II hat angefangen« sagte er, »obgleich ich ihm gar nichts getan habe.«

»Das kleine L. stand aufrecht auf seinem Platz – denn wir mußten immer aufstehen, wenn die Lehrer zu uns sprachen – an jeder Schläfe lief ihm ein dicker Schweißtropfen langsam herunter; er sagte kein Wort, er hatte die Zähne so aufeinander gebissen, daß man die

Muskeln der Kinnbacken durch die schmalen Backen hindurch sehen konnte. Und als er hörte, was der lange K. sagte, ging ein Lächeln über sein Gesicht – ich habe so etwas nie gesehen.

»Der alte Lehrer erging sich noch eine ganze Weile in schön gesetzten Perioden über eine solche unerhörte Ungehörigkeit, sprach von dem Abgrunde innerer Roheit, auf den ein solches Benehmen hindeutete – wir ließen ihn reden; unsere Gedanken waren bei dem kleinen L. und dem langen K.

»Und kaum, daß die Stunde zu Ende und der Lehrer zur Tür hinaus war, kam von hinten, über die ganze Klasse weg, ein Buch durch die Luft geflogen, dem langen K. direkt gegen den Schädel. Und als er sich wütend nach dem Angreifer umwandte, kriegte er von der anderen Seite wieder ein Buch an den Kopf, und jetzt brach ein allgemeines Geheul aus: »Niederschlag! Niederschlag!« Die ganze Klasse sprang auf, über Tische und Bänke ging es über den langen K. her, und da wurde dem langen Lümmel das Fell versohlt, daß es nur so rauchte.«

Der alte Oberst lächelte grimmig befriedigt vor sich hin und betrachtete seine Hand, die noch immer, zur Faust geballt, auf dem Tische lag.

»Ich habe mitgeholfen,« sagte er, »aber tüchtig – ich kann's sagen.«

Es war, als wenn die Hand vergessen hätte, daß sie fünfzig Jahre älter geworden war; man sah ihr an, indem die Finger sich krampfhaft schlossen, daß sie im Geiste noch einmal auf dem langen K. herumtrommelte.

»Aber wie nun Menschen von der Art einmal sind,« erzählte er weiter, »so war natürlich dieser lange K. eine rachsüchtige, nachtragende, heimtückische Kanaille. Am liebsten wäre er zum Hauptmann gegangen und hätte ihm nachträglich alles gepetzt – aber das wagte er nicht, vor uns; dazu war er zu feige.

»Aber daß er von der ganzen Klasse Prügel bekommen hatte und daß das kleine L. daran Schuld hatte, das vergaß er dem kleinen L. nicht.

»Eines Nachmittags also war wieder Freistunde, und die Kadetten gingen auf den Höfen spazieren; die beiden Brüder, wie immer, für sich; der lange K., Arm in Arm mit noch zwei anderen untergefaßt.

»Um von dem Karreehof nach dem anderen Hofe, mit den Bäumen, zu kommen, mußte man durch das Portal hindurchgehen, das unter dem einen Flügel des Hauptgebäudes lag, und es war eine Vorschrift, daß die Kadetten nicht untergefaßt hindurchgehen durften, damit der Verkehr nicht gehemmt würde.

»An dem Nachmittag will es nun das Unglück, daß der lange K., indem er mit seinen beiden Genossen vom Karreehofe nach dem anderen Hofe hinüber will, im Portal den beiden Brüdern begegnet, und daß die, in Gedanken versunken, vergessen hatten, einander loszulassen.

»Der lange K., obgleich ihn die Geschichte gar nichts anging, wie er das sieht, bleibt er stehen, reißt die Augen ganz weit auf und das Maul noch weiter und ruft die beiden an: »Was soll das heißen«, sagte er, »daß Ihr hier untergefaßt geht? Wollt Ihr anständigen Menschen den Weg versperren, Ihr Diebsgelichter?«

Der Oberst unterbrach sich.

»Das sind nun fünfzig Jahre her,« sagte er, »und darüber – aber ich erinnere mich, als wäre es gestern geschehen:

»Ich ging gerade mit zwei anderen um den Karreehof und plötzlich hörten wir von dem Portal her einen Schrei – ich kann's gar nicht beschreiben, wie das klang – wenn ein Tiger oder sonst ein wildes Tier aus dem Käfig ausbricht und sich auf einen Menschen stürzt, dann, denk' ich, würde man so etwas zu hören bekommen.

»Es war so gräßlich, daß wir drei die Arme sinken ließen und ganz versteinert dastanden. Und nicht bloß wir, sondern alles, was auf dem Karreehof war, blieb stehen, und alles wurde mit einem Male still. Und nun, alles was zwei Beine zum Laufen hatte, in Karriere nach dem Portal hin, und aus dem anderen Hofe kamen sie auch schon an, daß es ganz schwarz um die Eingänge kribbelte und krabbelte. Ich natürlich mitten darunter – und was sah ich da –

»Das kleine L. war an dem langen K. hinaufgeklettert wie eine wilde Katze, nicht anders. Mit der linken Hand hatte er sich in dessen Kragen gehängt, so daß der lange Bengel halb erstickt war, mit der rechten Faust ging das immer krach – krach – und krach – dem langen K. mitten ins Gesicht, wo's hintraf, daß dem K. das Blut wie ein Wasserfall aus der Nase lief.

»Jetzt kam der Offizier, der den Dienst hatte, vom andern Hofe, und brach sich durch die Kadetten Bahn.

»L. II, wollen Sie gleich los lassen,« donnerte er – es war nämlich ein baumlanger Mann und hatte eine Stimme, die man von einem Ende des Kadettenhauses bis zum andern hörte, und wir hatten höllischen Respekt vor ihm.

»Aber das kleine L. hörte nicht und sah nicht, sondern arbeitete immer weiter dem langen K. ins Gesicht, und dabei kam immer wieder der fürchterliche, gellende Schrei, der uns allen durch Mark und Bein ging.

»Wie der Offizier das sah, griff er selber zu, packte den Jungen an beiden Schultern und riß ihn von dem langen K. mit Gewalt los.

»Sobald er aber auf den Füßen stand, verdrehte das kleine L. die Augen, fiel der Länge lang auf die Erde und wälzte sich in Zuckungen auf der Erde.

»Wir hatten so etwas noch nicht gesehen und staunten und sahen ganz entsetzt zu.

»Der Offizier aber, der sich zu ihm niedergebeugt hatte, richtete sich auf: »Der Junge hat ja die furchtbarsten Krämpfe,« sagte er. »Vorwärts, zwei an den Füßen anfassen,« er selbst hob ihn unter den Achseln auf, »'rüber ins Lazarett!«

»Und so trugen sie das kleine L. hinüber ins Lazarett.

»Während sie ihn forttrugen, traten wir zu dem großen L. heran, um zu erfahren, was eigentlich geschehen war, und von dem großen L. und den beiden, die mit dem langen K. gegangen waren, hörten wir nun die ganze Geschichte.

»Der lange K. stand da wie ein geprügelter Hund und wischte sich das Blut von der Nase, und wäre das nicht gewesen, so hätte ihm nichts geholfen, und er hätte noch einmal mörderische Prügel gekriegt. Jetzt aber wandte sich alles stumm von ihm ab, niemand sprach mehr ein Wort mit ihm: er hatte sich »verschuftet«.«

Die Tischplatte erdröhnte, weil der alte Oberst mit der Faust darauf geschlagen hatte.

»Wie lange ihn die anderen im Banne gehalten haben,« sagte er, »weiß ich nicht. Ich habe noch ein ganzes Jahr mit ihm inder Klasse zusammengesessen und habe kein Wort mehr mit ihm gesprochen: wir sind zu gleicher Zeit als Fähnriche in die Armee gekommen; ich habe ihm die Hand nicht zum Abschied gereicht; ich weiß nicht, ob er Offizier geworden ist; ich habe seinen Namen in der Rangliste niemals gesucht, weiß nicht, ob er in einem der Kriege gefallen ist, ob er noch lebt oder tot ist – für mich war er nicht mehr da, ist er nicht mehr da – das einzige, was mir leid tut, ist, daß der Mensch einmal in meinem Leben dagewesen ist und ich die Erinnerung an ihn nicht ausreißen kann wie ein Unkraut, das man in den Ofen schmeißt!

»Am nächsten Morgen kamen böse Neuigkeiten aus dem Lazarett: das kleine L. lag besinnungslos im schweren Nervenfieber. Am Nachmittag wurde der ältere Bruder hinübergerufen, aber der Kleine hatte ihn nicht mehr erkannt.

»Und abends, als wir im großen gemeinschaftlichen Speisesaal beim Abendbrot saßen, kam ein Gerücht – wie ein großer schwarzer Vogel, mit unhörbarem Flügelschlag ging's durch den Saal – das kleine L. war gestorben.

»Als wir vom Speisesaal ins Kompagnierevier zurückkamen, stand unser Hauptmann an der Tür des Kompagniesaales; wir mußten hineintreten, und da verkündete uns der Hauptmann, daß unser kleiner Kamerad, L. II, heute abend eingeschlafen war, um nicht mehr aufzuwachen.

»Der Hauptmann war ein sehr guter Mann – 1866 ist er als ein tapferer Held gefallen – er liebte seine Kadetten, und als er uns seine Mitteilung machte, mußte er sich die Tränen aus dem Bart wischen. Dann befahl er, daß wir alle die Hände falteten; einer mußte vortreten und laut vor allen das Vaterunser sagen –«

Der Oberst neigte das Haupt.

»Damals zum ersten Male,« sagte er, »habe ich gefühlt, wie schön eigentlich das Vaterunser ist.

»Und nun, am nächsten Nachmittag, ging die Tür auf, die vom Lazarett auf den Turnplatz führte, die böse, verhängnisvolle Tür.

»Wir mußten auf den Lazaretthof hinuntertreten, wir sollten unseren toten Kameraden noch einmal sehen.

»Die Schritte dröhnten und stampften, als wir hinübergeführt wurden; keiner sprach ein Wort; man hörte nur ein schweres Atmen.

»Und da lag nun das kleine L., das arme kleine L.

»In seinem weißen Hemdchen lag es da, die Hände auf der Brust gefaltet, die blonden Löckchen um die Stirn geringelt, die weiß war wie Wachs, die Backen so eingefallen, daß das schöne, kecke Näschen ganz weit hervorragte – und in dem Gesicht – der Ausdruck –«

Der alte Oberst schwieg, der Atem ging keuchend aus der Brust.

»Ich bin ein alter Mann geworden,« fuhr er stockend fort – »ich habe Männer auf Schlachtfeldern liegen sehen – Menschen, denen Not und Verzweiflung auf dem Gesicht geschrieben stand – solches Herzeleid, wie in dem Gesicht dieses Kindes, habe ich nie wieder gesehen – niemals – nie –«

Eine lautlose Stille herrschte in der Weinstube, in der wir saßen. Als der alte Oberst schwieg und nicht weiter sprach, stand der Küfer leise aus seiner Ecke auf und zündete die Gasflamme an, die über unseren Häuptern hing; es war ganz dunkel geworden.

Ich erhob noch einmal die Weinflasche, aber sie war beinah leer geworden – nur eine Träne floß noch daraus hervor – ein letzter Tropfen von dem edlen Blut.